★聆听感悟大师经典

屠格涅夫名篇名句赏读

罗剑平　主编

黄河出版传媒集团
阳光出版社

图书在版编目（CIP）数据

屠格涅夫名篇名句赏读 / 罗剑平主编. —— 银川：阳光出版社，2016.6（2024.1重印）

（聆听感悟大师经典）

ISBN 978-7-5525-2703-2

Ⅰ.①屠… Ⅱ.①罗… Ⅲ.①屠格涅夫，I.S.
（1818-1883）-文学欣赏 Ⅳ.①I512.064

中国版本图书馆CIP数据核字(2016)第157337号

聆听感悟大师经典　屠格涅夫名篇名句赏读　　罗剑平　主编

责任编辑	徐文佳
封面设计	民谐文化
责任印制	岳建宁

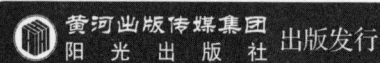出版发行

地　　址	宁夏银川市北京东路139号出版大厦　（750001）
网　　址	http://www.ygchbs.com
网上书店	http://shop129132959.taobao.com
电子信箱	yangguangchubanshe@163.com
邮购电话	0951-5047283
经　　销	全国新华书店
印刷装订	永清县晔盛亚胶印有限公司
印刷委托书号	（宁）0027484

开　　本	710 mm×1000 mm　1/16
印　　张	6.75
字　　数	84千字
版　　次	2016年6月第1版
印　　次	2024年1月第2次印刷
书　　号	ISBN 978-7-5525-2703-2
定　　价	23.80元

版权所有　翻印必究

前　言

世界文学的殿堂就像大自然一样神奇、美丽与朴实，它是世界上才华横溢的一批人用最优美、最自然的表达而描绘出的世界图景。历经时代的考验，这些作品魅力永存，而有这样一批才华横溢的大师也被我们永久记录下来，他们人格的力量一直激励着我们，他们的思想也已融入我们的血液之中。

阅读这些大师的经典作品，感悟其中的社会百态和人世间的苦乐善恶，就像与大师在进行面对面的交谈，让人的精神上产生出一种超越、一种支撑、一种理性的沉淀。

为了帮助读者朋友更好地阅读古今中外的经典作品，我们精心编辑了这套《聆听感悟大师经典》丛书，希望能把有价值的、经典的书推荐给大家，让大家在有限的时间里能够了解中外经典名作的轮廓，提早感受到名著的魅力，慢慢进入阅读的佳境。本套丛书包括《莎士比亚名篇名句赏读》《雨果名篇名句赏读》《卢梭名篇名句赏读》《李白名篇名句赏读》《鲁迅名篇名句赏读》《徐志摩名篇名句赏读》等，每本书中都配有作者小传和作者肖像，所选内容都是中外文化巨人的优秀作品，通过我们的分类整理，相信会给你一个愉快的阅读体验。

通过对该丛书的阅读,你会发现大师的经典语句与我们的日常生活中有很多的契合点,读书的过程就像聆听大师的亲身教诲一样,使我们懂得生活中的许多哲理。编辑本丛书的目的,并非要取代对原著的阅读,而是让读者在名篇名句的引导和记忆中更好地阅读整部作品并理解整部作品的意境。

由于编写时间仓促及编者水平有限,书中难免有不足之处,还望读者批评指正。

编　者

作者小传

屠格涅夫

伊凡·谢尔盖耶维奇·屠格涅夫（1818—1883年），俄国19世纪著名的批判现实主义作家。屠格涅夫出生在一个世袭贵族家庭，1833年进莫斯科大学文学系学习，一年后转入彼得堡大学哲学系语文专业，毕业后到德国柏林大学攻读哲学、历史和希腊与拉丁文。

1843年春，屠格涅夫发表的叙事长诗《巴拉莎》受到当时的革命民主主义者、哲学家、文学评论家别林斯基的好评，二人从此建立了深厚友谊。

1847—1851年，屠格涅夫在进步刊物《现代人》上发表了其成名作《猎人笔记》，同时也是他的第一部现实主义力作，在他的整个文学创作中占有相当重要的位置。《猎人笔记》是一部形式独特的特写集，以一个猎人在狩猎时所见为线索，刻画了地主、管家、磨房主妇、城镇医生、贵族知识分子、农奴、农家孩子等众多的人物形象。共25个短篇故事，是其中短篇小说的代表。该书深刻揭露了地主表面上文明仁慈，实际上丑恶残暴的本性，充满了对备受欺凌的劳动人民的同情，写出了他们的聪明智慧和良好品德。

《猎人笔记》的反农奴制的倾向触怒了当局，当局以屠格涅夫发表追悼果戈里文章违反审查条例为由，将其拘捕、放逐。在拘留中他写了著名的反农奴制的短篇小说《木木》。19世纪50至70年代是屠格涅夫创作的黄金时期，他陆续发表了长篇小说：《罗亭》（1856年）、《贵族之家》（1859年）、《前夜》（1860年）、《父与子》（1862年）、《烟》（1867年）、《处女地》（1859年）。

《罗亭》是他的第一部长篇小说，塑造了继奥涅金、皮却林之后又一个"多余的人"形象，罗亭身上集中了19世纪40年代俄国进步贵族知识分子的优点和缺点，是这些人的一个典型。他受过良好教育，接受了当时哲学思想中最主要思潮的影响，有很高的美学修养；他信仰科学，关心重大社会问题，追求崇高的人生目标并有为理想而奋斗的决心；他热情洋溢，才思敏捷，口才出众，能感染人、吸引人。但是他徒有过人的天赋和才智，却不会正确将其运用，付诸斗争实践，成为"语言的巨人和行动的侏儒"。

《贵族之家》是屠格涅夫的第二部长篇小说。评论家皮沙烈夫对《贵族之家》作了如下的评价，认为它是屠格涅夫"结构最严谨、最完美的作品之一"。它没有进行说教,然而是一部有教育意义的小说。在这部小说中,屠格涅夫"描写了现代生活,突出它各个好的和坏的方面,阐明了他所描写的现象的根源,促使读者进行严肃认真的深思。"

《父与子》是屠格涅夫的代表作。它反映了代表不同社会阶级力量的"父与子"的关系,描写亲英派自由主义贵族代表基尔沙诺夫的"老朽",塑造了一代新人代表——平民知识分子巴扎罗夫。但巴扎罗夫身上也充满矛盾,他是旧制度的叛逆者,一个"虚无主义者",否认一切旧传统、旧观念,他宣称要战斗,但却没有行动。小说问世后在文学界引起剧烈争论。

《春潮》写于1871年。该书看起来没有表现重大的社会主题,从情节看似乎只是一个感人的爱情故事。故事的起源是作者本人的一次经历:1840年5月屠格涅夫在游历了意大利和瑞士回柏林途中来到德国城市法兰克福。在那里他偶然踏进一家糖果店想喝杯柠檬汁,适遇店主的女儿向他呼救,请他帮助抢救突然昏厥的弟弟。女子的美貌和气质使他产生爱慕之心,只是由于匆匆离去,爱情种子未及萌芽便夭折了。这成了30年后创作《春潮》的基础。小说开始部分的情节与作者的经历几乎毫无二致,但这不是自传体小说,因为作者只是采用了自己经历中的一件事作为小说的引子。该书不论对杰玛这个从外表到内心都美的少女形象,还是萨宁这个青年贵族的多余人的虚弱性格,甚至波洛索夫太太这个外表华美、内心丑恶的坏女人形象,都刻画得极为成功。

从19世纪60年代起,屠格涅夫大部分时间在西欧度过,结交了许多著名作家、艺术家,如左拉、莫泊桑、都德、龚古尔等。在巴黎举行的"国际文学大会"上,屠格涅夫被选为副主席(主席为维克多·雨果)。屠格涅夫对俄罗斯文学和欧洲文学的沟通交流起到了桥梁作用。

屠格涅夫是一位有独特艺术风格的作家,既擅长细腻的心理描写,又长于抒情。屠格涅夫的小说结构严整,情节紧凑,人物形象生动,尤其善于细致雕琢女性艺术形象,而对旖旎的大自然的描写也充满诗情画意。

目 录

社会百态 1
- 社　会 3
- 国　家 15
- 家　庭 17
- 妇　女 21
- 文　艺 24

感悟人生 31
- 人　生 33
- 生　命 39
- 幸　福 48
- 理　想 54
- 信　仰 59

情感世界 61
- 友　情 63
- 爱　情 66

为人处世 75
- 人　际 77

处 世 ………………………………………………………… 84
哲理智慧 ……………………………………………………… 93
哲 理 ………………………………………………………… 95
经 验 ………………………………………………………… 97

社会百态

社会
国　家
　家　庭
　　妇　女
　　　文　艺

社 会

世界上没有不可能发生的事情。

❋ 《春潮》

不进官场,他是无法维持像样的生计的。

❋ 《春潮》

什么叫做学会!学会,是懒惰和萎靡的生活的共存并列,并且人们给它蒙上合理事业的名义和外形;学会用议论来代替谈话,使你习惯于毫无成果的闲谈,使你不得独自做有益的工作,在你身上种下文学的疥癣,终于剥夺了你的灵魂的清新之气和纯洁力量。

❋ 《猎人笔记》

大人物来了,主人马上奔到前室里;几个忠诚的家人和热心的客人跟着他跑;嘈杂的谈话声变成了柔和而愉快的絮语声,好像春天的蜜蜂在自己蜂房里发出的嗡嗡声。

❋ 《猎人笔记》

有一天早晨,发生了关于我的诽谤之后,就像草莓一样生芽抽须,我

屠格涅夫名篇名句赏读

被纠缠住了,想跳出来,切断这些粘缠不清的线,可是不行。

❋ 《猎人笔记》

学会,这是以亲睦和友爱为名义的庸俗和无聊;这是以坦白和同情为借口的倾轧和诛求的联合。

❋ 《猎人笔记》

不关心农民的福利,是地主的罪恶。

❋ 《猎人笔记》

只是有一点很糟糕:年轻的先生们很会自作聪明。对付农人好像玩弄木偶一样,翻来覆去一阵子,弄坏了,就丢开了。

❋ 《猎人笔记》

我们这班人是不能同贵族们相匹敌的。的确,我们这阶层中也有爱喝酒而没有能力的人常常去和大人、先生们周旋,可是这有什么乐趣呢!不过是自取其辱罢了。

❋ 《猎人笔记》

越是身份低的人,操守越是要谨严,不然,正是自取其辱。

❋ 《猎人笔记》

这是一只狗,不是人;这样的狗,走到了库尔斯克也找不到的。

❋ 《猎人笔记》

这地主庄园是背向着街道的,在这庄园附近所见的情状,就同一般地主庄园附近的情状一样:穿着褪色的印花布衣服的姑娘们前前后后地钻来钻

屠格涅夫名篇名句赏读

去；男仆们在泥泞中费力地跨着步，时时立定了，满腹心事地搔搔背脊。

❋ 《猎人笔记》

有什么了不起呢？你们难道已经摆脱了主人的权势吗？你们都是吃白食的人，懒汉，还有什么呢！要是放我出去，我不会饿死，我不会完蛋；给我公民证，我会好好地付代役租，使主人满意。可是你们呢？死掉，像苍蝇一样死掉，就是这样罢了！

❋ 《猎人笔记》

她住在一间极坏的、半倒塌的小屋里，勉勉强强地过着艰难的日子，从来不晓得明天能不能吃饱，总之，一直过着苦命的生活。

❋ 《猎人笔记》

叶尔莫莱被命令每月送两对松鸡和鹧鸪到主人的厨房里，主人却不管他住在什么地方，靠什么过活。

❋ 《猎人笔记》

这是畜生，不是人；人家都说他是一只狗，恶狗，真是一只恶狗。

❋ 《猎人笔记》

他真是一只狗，一只恶狗，他懂得哪些人可以欺压。

❋ 《猎人笔记》

命运强迫可怜的吉洪一滴一滴地喝干寄生生活的苦喇的毒汁。他终生替游手好闲的贵族们的难堪的奇想和带睡意而恶毒的烦闷服务。

❋ 《猎人笔记》

屠格涅夫名篇名句赏读

一看见上司的影子,他就发抖而失神,好像一只被捕的小鸟。

❋ 《猎人笔记》

有一个爱开玩笑的地主开导他的守林人,把他的胡须拔掉了一半光景,用以证明砍伐是不能使树林繁茂起来的。

❋ 《猎人笔记》

他谨慎小心,同时又像狐狸一样会动脑筋,他像老妇人一样多嘴饶舌,可是自己从来不泄漏真情,却叫别人都坦白出来。

❋ 《猎人笔记》

我儿子死去之前生了一年病,他自己的代役租都没有付。可是我并不怎么当心,向我要不出什么来。嘿,老兄,无论你怎样狡猾,没有用,我是不会负责的!

❋ 《猎人笔记》

钱不会有,朋友是会有的。钱算得了什么?尘土!黄金是尘土!

❋ 《猎人笔记》

他自己从来不做任何事情,连一本"占梦书"也不看了。

❋ 《猎人笔记》

凡是家仆,即使得不到工钱,至少也会得到所谓"口粮"。

❋ 《猎人笔记》

他来往动作,一点声音也没有;他打喷嚏和咳嗽的时候,害怕似的用手掩住嘴巴;他老是像蚂蚁一样悄悄地张罗奔忙;而一切都是为了糊口,

屠格涅夫名篇名句赏读

只是为了糊口。

❋ 《猎人笔记》

这是一个老江湖,识得人头,善于利用人。

❋ 《猎人笔记》

他喜欢玩纸牌,但是只同身份比他低的人作对手;他们称呼他为"大人",他却任意叱骂他们。当他同省长或其他官吏玩纸牌的时候,他的态度就发生可惊的变化了:他微笑,点头,窥伺他们的眼色——浑身表出甜蜜的样子。

❋ 《猎人笔记》

她丢在背后的尽是些什么人呢?她在这儿看见的尽是些什么人呢?库尔纳托夫斯基、伯尔森涅夫和不才我之辈!这还是一批最最优秀的呢,有什么可遗憾的呢?

❋ 《屠格涅夫》

在这个短篇里,我要描写一件在我们这里已经发生过的事实,农民是怎样弄死一个年年夺取他们土地的地主,因而农民把他叫做"食地兽",他们强迫他吃下八普特最肥沃的黑土,看吧,情节是可笑的。

❋ 《屠格涅夫》

生活不能照这样下去,改革是绝对必需的。

❋ 《屠格涅夫》

他们这样忙忙碌碌,究竟为了什么?连他们自己也弄不明白。若在

屠格涅夫名篇名句赏读

过去的时代,就会这样说他们:"他们哪,是崇高目的的盲目工具。"

* 《烟》

真正奇怪的是全体客人对他那副恭恭敬敬的态度,真像对待导师或者首领,他们向他陈述自己的疑惑,请他评断,而他——回答以"哼哼、嗯嗯",揪扯着胡子,旋转着眼珠,或是说些断断续续、无足轻重的话,马上就被人奉为最高智慧的格言。

* 《烟》

他们共同生活的人使你憎恶,上流社交界使你苦恼,但你是否有力量抛弃这个社交界,将它戴在你头上的桂冠踩碎,是否敢于承受社会舆论对你的指摘,承受那些你所憎恨的人们的指摘呢?

* 《烟》

他像是一个已经被人生磨尽自尊的人,以哲学家的豁达在静静等候投合心意的机遇。

* 《烟》

他对待上司还有一种特别的艺术:恭敬中透着亲昵,亲切中伴有忧郁,一种苦凄凄的巴结逢迎,掺杂着几丝轻如羽毛的自由主义色彩。

* 《烟》

古巴廖夫先生想当首领,于是大家也就承认他是首领。这有什么法子呢?!政府把我们从农奴的依从地位上解放出来,谢谢他。但是奴性的习惯已经深入我们的骨髓;我们不能迅速地摆脱它。我们处处事事需要主子。

* 《烟》

屠格涅夫名篇名句赏读

人们一瞧：这个人非常自负，他有自信，他能发号施令——最关键的是他能发号施令，于是他就是正确的，应该听从他。谁手里有棍子，谁就是首长。

❋ 《烟》

我们经常谈论否定，似乎否定是我们的优良特性。但即使我们在否定什么，也并不像一个挥舞宝剑的自由人，只是像一个拳打脚踢的奴才，而且还是奉了主子之命去打人的。

❋ 《烟》

好，我们有了主子啦，这就是说，是我们的，于是我们就可以唾弃其余的一切了！纯粹是奴才！我们的骄傲是奴性的，谦卑也是奴性的。新的主子出现了——旧的就滚开！

❋ 《烟》

贫穷不是罪恶。

❋ 《父与子》

我们大概知道身体上的病是从哪儿来的；精神上的病却是从坏教育来的，是从自小就塞满在人们脑子里的种种胡话来的，一句话说完，是从不健全的社会情形来的。

❋ 《父与子》

虚无主义者是一个不服从任何权威的人，他不跟着旁人信仰任何原则，不管这个原则是怎样被人认为神圣不可侵犯的。

❋ 《父与子》

屠格涅夫名篇名句赏读

兔子听见了猎犬的叫声,不得不离开森林而奔向旷野,而旷野上又往往有更凶猛的猎狗等着它。

✽ 《安德烈·科洛索夫》

世上美好的事物也有厄运,这就是它们往往会毁于自己的黄金时代。

✽ 《安德烈·科洛索夫》

世上总会有骗子。

✽ 《安德烈·科洛索夫》

在那个黑暗的地下时期,谣言在一切论断——文学和其他方面的论断——上起着很大的作用。

✽ 《回忆录》

奴隶对于自己的恭顺和欺诈竟感到洋洋得意。

✽ 《回忆录》

谁都知道,直到今天,谣言还没有完全失去其重要性。唯独在健全的公论和充分的自由的光辉下,它才会消失。

✽ 《回忆录》

在我看来,这个敌人有明确的形象,有一定的名称:这敌人就是农奴制度。对于我归并和集纳在这个名称下面的一切,我决定要斗争到底,我发誓永远不同它妥协,这是我的汉尼拔誓言。

✽ 《回忆录》

屠格涅夫名篇名句赏读

社会虽然已经觉醒,但是并没有活动起来,仅仅在某些青年的头脑里有过一阵深刻可是模模糊糊的酝酿。

✾ 《回忆录》

事物的力量比任何单独的个人的力量更强大,正如我们的共同因素比我们自己的志趣更强大一样。

✾ 《回忆录》

一个人要是越过了他自己的范围,他能说出多么荒谬的谎言,表现出多么怪诞虚伪的矫情来。

✾ 《回忆录》

即使在无人问津的坟墓上,诽谤中伤的声音也不停息。

✾ 《不幸的女人》

一切有权的人年纪大了时,就自愿上钩,上那种特制的个人忠心的钩。

✾ 《不幸的女人》

所有这些道德、多情善感不是我们的事,小姐,不是赤贫如洗的人的事。

✾ 《不幸的女人》

生来心肠就恶毒的人,会变成为恶棍。

✾ 《旅店》

狗鱼在海里,就不能叫鲫鱼安生。

✾ 《旅店》

贫困会使人气短。

✽ 《旅店》

坏人是防不胜防的。

✽ 《旅店》

狼是改不了它的贪婪本性的。

✽ 《旅店》

尽管我是一个多余的人，可是我并不是自己愿意如此；我自己有病，可是我不能忍受一切病痛；我也并不反对幸福，我甚至设法到处去寻觅它。

✽ 《多余人的日记》

谎言像真理一样，即使不更加过分，也是富有生命力的。

✽ 《多余人的日记》

人有凶恶的、善良的、聪明的、愚蠢的、惹人喜欢的、令人讨厌的；可是多余的没有。

✽ 《多余人的日记》

贫穷强制地“管束”了他。

✽ 《草原上的李耳王》

一位贵族夫人看重她的权势。

✽ 《草原上的李耳王》

在风暴将临的时候，怪狡猾的小狐狸难道还不晓得躲到自己的洞

屠格涅夫名篇名句赏读

里去？

❋ 《前夜》

收养穷人和残废人是一件好事。

❋ 《处女地》

可是，这年头儿，谁又能不骗人呢？这是时代风气呀！

❋ 《贵族之家》

他仍然对谁也不同情：要知道，这是他命中注定的！他是属于那种仿佛生来有权支配别人的人，可是大自然没有赋予他享受这种权利所必需的才能。由于没有受到教育，没有出众的才智，他不应当露出马脚来。

❋ 《好斗之士》

无论朝哪个方向，我都像一只被猎人追赶的兔子，全都一个样，一个样啊！

❋ 《对话》

一个穷人有帮助另一个穷人的义务。

❋ 《普宁与巴布林》

我的祖父和他的哥哥——伊凡·伊凡诺维奇，都是淳朴厚道的人，他们乐天知命、多愁善感。我的祖姑纳塔利娅，你们知道，嫁给了一个粗鲁而又糊涂的人，但她对他的爱至死不渝，那是一种无言的、卑躬的、温顺如绵羊一般的爱。

❋ 《三幅画像》

屠格涅夫名篇名句赏读

鸟儿飞呀飞,一边留恋地注视着下方。它身下是黄色的沙漠,无声息的、无动静的、死一样的沙漠。可怜的鸟儿飞累了,它的翅膀扇动得渐渐无力了;它飞得时高时低,它哪怕是一直飞上青天而它不可能在这个无边无际的空虚中筑一个窝儿哟!

✻ 《没有个窝儿》

世上有三种利己主义者:一种利己主义者是自己要活着,也要让别人活下去;另一种利己主义者是自己要活着,却不让别人活;最后一种利己主义者是自己不想活,也不让别人活。

✻ 《罗亭》

有的人好像天生是享福的。咱们这号人,为了挣碗饭吃,拼死拼活,人家呢,什么全是白得。请问,世上还有公道没有?

✻ 《食客》

在商人和小市民的生活中,即使是老朋友会面,也免不了要来一番装模作样的客套。

✻ 《别屠什科夫》

有那么一个文人,他整整一辈子写诗著文、谴责酗酒、抨击专卖制度。可突然之间他自己买下两座酿酒厂,承包了上百家小酒馆——居然没事!

✻ 《酒》

您今天像一个七十岁的高利贷者一样,既不可接近也不相信别人。

✻ 《绳从细处断》

国 家

无论经受着怎样的贫苦,荣归故国的念头也从来不曾离弃过他,这种念头正是他唯一的支柱。

❋ 《贵族之家》

原来这位爱国者是非常藐视自己的同胞的。

❋ 《贵族之家》

我从来也没有忘记过我的祖国。

❋ 《贵族之家》

我个人认识的十分清楚,这样远离故土,这样勉强割断把我和我从小所过的生活结为一体的联系与线索,是不好的。

❋ 《回忆录》

祖国的幸福、它的伟大、它的光荣,在他心里引起了深刻而强烈的反应。

❋ 《回忆录》

屠格涅夫名篇名句赏读

即使把我们洗上七次,也洗不掉我们的俄罗斯本质,否则我们的民族可太没有出息了!

✺ 《回忆录》

他真是一个道道地地的俄国人,一离开俄国就会发呆,仿佛鱼儿离开了水似的。

✺ 《回忆录》

我对自己的俄罗斯,这个奇怪、可爱又可憎的亲爱的祖国,是又爱又恨。我现在离开了它,因为我在政府机关里坐了二十年的冷板凳,需要出来散散心。我离开了俄国,在此地感到非常愉快和快乐,但是我已经预感到,不久即将回去。俗话说:花园的土地虽然肥沃但是野莓果在这里长不好!"

✺ 《烟》

全部问题在于——本性是否健壮?唯有神经不健全的、病弱的民族,才会为自己的健康,为自己的独立而担忧。

✺ 《烟》

您去巴斯基的时候,请代向我的房屋、花园和那棵年轻的橡树告别——代向祖国告别。

✺ 《屠格涅夫》

家 庭

我求你不要只是由于一种义务感,由于一种自我牺牲或者类似的感情,就没有爱情地随便结婚吧。

❋ 《贵族之家》

他完全昏迷了,他是那么盲目地相信了他的妻子;她的欺骗和不忠,他是从来连做梦也不曾想到过的。

❋ 《贵族之家》

许多年来,他只是全无异议地听着他父亲的调摆,等到他终于看清了父亲的真相,恶果却早已木已成舟,一定的习惯已经根深蒂固了。

❋ 《贵族之家》

有什么比家庭生活更有乐趣?但是在选择配偶的时候,慎重考虑是十分必要的。

❋ 《单身汉》

建立在两厢情愿和理智(他特别看重最后两个字)的基础上的婚姻,

屠格涅夫名篇名句赏读

是人生最大幸福之一。

❋ 《单身汉》

白头偕老可不是一件容易事,双方要以诚相见才行。

❋ 《单身汉》

问题不在于您现在对您的未婚妻是爱还是不爱,而在于您和她在一起会不会幸福?一个有教养的人有一些需求,有时候他的太太对此是没有同感的;他关心的一些问题,是他太太不能理解的。

❋ 《单身汉》

她要留在她丈夫埋骨的地方,继续进行他遗留给她的工作。

❋ 《普宁与巴布林》

当初我在莫斯科对他说我愿意做他妻子的时候,我就在心里想过:"永不分离,永不变心!"所以一直到最后的日子都应当永不变心。

❋ 《普宁与巴布林》

没有共同理想的婚姻,哪怕是自由恋爱,其结果往往也是十足的荒谬。

❋ 《安德烈·科洛索夫》

一个男子会心平气和地对人说:我打算结婚了;但是决不会有人心平气和地对人说:我打算投水了。

❋ 《春潮》

结婚原是一件大事,是全部人生的试金石。

❋ 《猎人笔记》

屠格涅夫名篇名句赏读

有些梨子，要放在地窖里过一些时候，然后它们的所谓真滋味出来了，我的已故的妻子看来也是属于这一类造物的。

❋ 《猎人笔记》

作为一个环境平静下来而自己也平静下来的人，我甚至没有指望她的爱情，我只希望得到她的友情，希望得到她的信任、她的尊重，按有经验人的说法，那种尊敬被公认为是结婚中幸福的最可靠的支柱。

❋ 《多余人的日记》

结婚要情投意合。

❋ 《僻静的角落》

结婚这种事确实可怕，可是从另一方面来讲，保持自由又有什么用场？孩子式的胡闹也到了该结束的时候了。

❋ 《绳从细处断》

小伙子在播麦种，妻子却说他是种罂粟花。

❋ 《世外桃源》

在我未来的妻子面前我不打算装假、扯谎，不仅为了一万五千卢布不会，为了十万卢布也不会这样做；可是对于外人，为了一口袋面粉我也能向他低头弯腰。

❋ 《村居一月》

儿子使父亲遭受了极其难堪的污辱。老人用沙哑的声音回答说，"让他活到有儿子的时候，他儿子也当着自己母亲的面往父亲的白胡子

屠格涅夫名篇名句赏读

上吐唾沫吧!"那儿子当时大张着嘴,站不稳脚跟,面色发青——便走出门去了。

❋ 《诅咒》

我为孩子们牺牲了良心,现在他们却用侮辱来报答我!

❋ 《草原上的李耳王》

他那种难得表示的对我的慈爱,绝不是我的不言而喻的恳求唤起的,它们总是突然地发作。

❋ 《初恋》

我可怜的妈妈!我们的关系是奇怪的:我们两个人互相热爱狂热而没有指望;我们两个人仿佛都保守和隐瞒着我们共同的秘密,尽管我们知道我们内心深处所想的一切,我们却固执地不谈这一秘密,尽管她整个生命都是一个无声的控诉,可是她从来不说抱怨的话!

❋ 《不幸的女人》

妇 女

当坟墓的阴影已经落到她的脸上来的时候,她的面容也仍和往昔一样,一直表现着忍辱的困惑和无言的柔顺。

❋ 《贵族之家》

一个好心的、纯善的人儿,就这样完结她的人生之旅了,像一根幼芽似的,不知道为什么被人从地母的怀里连根拔了起来,扔到了一边,给太阳摧残,而枯萎、而消灭了,任何痕迹不曾留下,也没有任何人来给它悼念。

❋ 《贵族之家》

她的眼睛所传出的消息也是到底那一对魅惑的眼睛传出了怎样的消息,其实也是难于断言的。

❋ 《贵族之家》

在她的整整一生,她从来不会反抗什么,对于她的疾病,她也全无挣扎。

❋ 《贵族之家》

聪明的女孩子,会是一个贤惠的主妇。

❋ 《三幅画像》

屠格涅夫名篇名句赏读

对一个没有经验的、胆小的、自尊心强的少女来说,用智慧比用心灵更容易引诱她。

✻ 《三幅画像》

是什么使她苦恼呢?爱情?还是好奇心?只是一种好奇心就足以毁灭了夏娃。

✻ 《好斗之士》

对年轻的姑娘来说,卢奇科夫身上有一种神秘的东西:她感到他的心阴沉得像"森林",她尽力设法想探索这神秘的、阴沉的心,这就像孩子们在终于看清井底静止的黑水之前,久久地凝视着深井一般。

✻ 《好斗之士》

一个十八岁的姑娘,谁能说得清楚,她像刚酿的酒一样,还处在发酵的过程?

✻ 《绳从细处断》

有人说女人是斗剑的好手。

✻ 《绳从细处断》

女人的眼泪是不值钱的,女人的眼泪像水一样。

✻ 《猎人笔记》

在年轻女人的生命中间,有一个时期,她们会像夏天的蔷薇一样忽然开花吐艳。

✻ 《父与子》

人都知道在悬崖绝壁的边缘上走路,是女人喜欢的一种消遣。

✻ 《普宁与巴布林》

屠格涅夫名篇名句赏读

我知道一些心灵洁白无瑕的女人,虽然十分聪明但仍像孩子似的天真,正因为这种纯洁和天真,她们比其他的女子更容易沉湎于突然爆发的迷恋。

✲ 《村居一月》

您是个顶好的好人,实在是。您为别人设想得太多,替自己设想得太少了。您完全没有私心,真的——全世界再也没有哪个姑娘像您这样。

✲ 《世外桃源》

华而不实的女人,总是爱装腔作势、爱耍脾气。

✲ 《旅店》

舒宾漂亮得像一只蝴蝶,并且夸耀着自己的漂亮,这是连蝴蝶也不做的。

✲ 《屠格涅夫》

有谁不怕责难,尤其不怕女人的责难呢?

✲ 《安德烈·科洛索夫》

文 艺

他唱着,完全忘记了他的竞赛者和我们所有的人,但显然是凭着我们的沉默而热烈的同情的支援,像勇敢的游泳手凭着波浪的支援一样。

❋ 《猎人笔记》

他唱着,他的歌声的每一个音都给人一种亲切和无限广大的感觉,仿佛熟悉的草原一望无际地展开在你面前一样。我觉得泪水在心中沸腾,从眼睛里涌出。

❋ 《猎人笔记》

我实在难得听到这样的声音:它稍稍有些破碎,仿佛零珠碎玉的碰响;开头甚至还带有一种病态的感觉;但是其中有真挚而深切的热情,有青春,有力量,有甘美的情味,有一种销魂而广漠的哀愁。俄罗斯的真实而热烈的灵魂在这里面流露着,它紧紧地抓住了你的心,简直抓住了其中的俄罗斯心弦。

❋ 《猎人笔记》

即使你头脑大,装得下许多东西,即使你理解一切,知识丰富,追随时代,但如果你完全没有一点自己的、特殊的、固有的东西,有什么用处呢! 这不过在世间增添了一个寻常事物的仓库罢了,谁能够从这里获得

屠格涅夫名篇名句赏读

一点满足呢?

❋ 《猎人笔记》

即使愚笨也好,但必须是你自己的!要有自己的气息,自己固有的气息,这一点最重要!

❋ 《猎人笔记》

通常只有奇人才能好好地生活在世界上,只有他们才有生活的权利。

❋ 《猎人笔记》

我是一个艺术家,有敏感的天性。

❋ 《春潮》

谁都知道用抽象的主题作为开端、作为起点是再好不过的。

❋ 《春潮》

你要是认真思考一下,就会发现世界上最有力——同时也最软弱无能的东西,莫过于语言了。

❋ 《春潮》

如果作者像看待生物似的来看待他所刻画的性格,也就是只看到和写出它的好坏两方面,更主要的是,如果他对于自己的产儿不明白地表示好感或反感的话,读者总是不舒服的,他很容易感到迷惘,甚至苦恼。

❋ 《回忆录》

把手伸进丰满的人生吧!——人人都在经验它,但要找识者实在难——你在哪里抓住它,哪里便会兴味盎然!

❋ 《回忆录》

不过无论什么事都会产生良好的结果。拘禁和以后的村居的日子

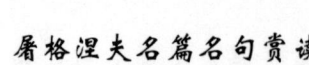

确实给我带来了好处,使我接触了俄国生活的某些方面,在平常的情况下,我大概不会注意到它们。

✱ 《回忆录》

假如作者对这个人物的态度具有更暧昧的性质,假如连作者自己也不知道爱不爱他所描写的性格那简直糟透了!读者情愿强迫作者表示虚假的好感或虚假的反感,只要能摆脱讨厌的"暧昧"。

✱ 《回忆录》

我懂得夸张,我容许讽刺——不过必须是真实的夸张,有道理的、方向正确的讽刺。

✱ 《回忆录》

在每个民族的发展中,文学时代总是走在其他的时代前面,不经历它,不熬过它,便无法前进。

✱ 《回忆录》

相信我们不仅是一个伟大的民族,并且我们必定能建立一个伟大的、具有充分的控制力的、十分巩固的国家,艺术和诗歌的当前任务就是成为配得上这伟大和力量的预言家。

✱ 《回忆录》

谁都知道,爱嘲讽的人常常连自己也不大清楚他戏弄和奚落的是什么;无论在什么场合,他都可以利用这个幌子来掩饰他自己的信念的不坚定和不明确。

✱ 《回忆录》

我非常尊重艺术家、作家的使命,我不会在这种事情上昧着良心。

✱ 《回忆录》

屠格涅夫名篇名句赏读

别的名作家或许连这一点点喜悦也没有享到,就悄然长逝了。在轻率的赞扬的时期以后,紧接着便是同样欠考虑的辱骂的时期,再往后则是默默的淡忘,可是我们中间谁有权利不被人忘掉——谁有权利硬要后代记住他的名字呢,既然后代另有他们的需要、他们的心事和希望?

❈ 《回忆录》

他在表面的淡漠的冷静底下,隐藏着一颗最仁爱的心灵;他对朋友一向忠贞不渝,当他们遭到灾难的时候,他同他们就贴得更近,即使那并不完全是无妄之灾。

❈ 《回忆录》

如果没有一个逐渐融合与积聚了各种适当的要素的活人(而不是观念)来做根据,我绝不想去"创造形象"。我没有随意发明的天才,总是需要一个使我能够站稳脚跟的基地。

❈ 《回忆录》

斯拉夫主义者们尽管具有无可怀疑的才华,但是他们中间从来没有一个人写出过什么有生命的东西,也就是因为缺乏这种自由精神的缘故;他们中间谁也不肯摘下——哪怕只是一会儿工夫——自己的有色眼镜。

❈ 《回忆录》

他也向艺术,犹如向人类的一切活动,要求真实,真正的生活的真实。

❈ 《回忆录》

弹旧调不管弹得多么热情,总有一点学生练习本的味道。

❈ 《回忆录》

在创作事业上,任何人所做的不是他想做的,而是他能做的——做

聆听感悟大师经典

屠格涅夫名篇名句赏读

到哪步算哪步。

✻ 《回忆录》

请爱护我们的语言你们要珍视这个有力的利器,它在行家手里能够造出奇迹来!

✻ 《回忆录》

当时所开创的东西,我们至今还在承受它的遗风和余荫;我们还没有做出什么相等的成绩来。

✻ 《回忆录》

没有真实、没有教养、没有广义的自由——对自己、对自己的偏颇的思想和体系、甚至对本国的人民和历史的不受拘束的态度,是不可能成为真正的艺术家的;没有这种空气就不能呼吸。

✻ 《回忆录》

在你自己的感受方面,需要真实、严酷的事实。

✻ 《回忆录》

艺术的法则比科学的法则更难掌握。

✻ 《处女地》

要是你对美没有共鸣,随时随地遇见美却并不爱它,那么,就是在你的艺术里,美自然也不会来了。

✻ 《前夜》

诗不仅在诗句里边;它到处都在洋溢着,它就在我们周围。你看看这些树林,看看这片天空——到处都使人感觉到景色的美和生命的气息;而在有美和生命的地方,就是诗。

✻ 《罗亭》

屠格涅夫名篇名句赏读

我的全部传记都在我的作品中。

❋ 《屠格涅夫》

我被卷入——被卷入一阵浪涛，它好似大海的波涛般宽阔！我心头是一片长驻的寂寥，它已超越悲哀、超越欢乐，我对我自己几乎不能理解：我啊，拥有着整个的世界！

❋ 《我在崇山峻岭间漫步》

真正的艺术家只是为艺术、为戏剧而生活在他们认为是天职的那些东西面前，其余的一切都变得苍白无力。

❋ 《克拉拉·米利奇》

故事好比一根树干，它的详情细节就在那上面越长越多，好像菌类在一个树桩上繁殖一样。

❋ 《叶尔古诺夫上尉的故事》

感悟人生

人生　生命　幸福　理想　信仰

人 生

生活本来就不是什么别的,只不过是经常克服矛盾而已。

❋ 《回忆录》

假如他没有实际经受过不学无术的全部痛苦,他随时随地为启蒙工作奋斗的那股热情和劲头,又是从哪里来的?

❋ 《回忆录》

自己能够有独创的意见,毫无疑问是值得尊敬的好事;谁没有做到这一步,便不能叫做真正的人。

❋ 《回忆录》

它们能够取得,而且果然取得了胜利,是因为它们本身的美,因为这美和力量同冠冕堂皇派的幻影的丑陋无力正好成了对照。

❋ 《回忆录》

如果面貌长得丑,就不要怨镜子。

❋ 《回忆录》

人心真是充满矛盾的。

❋ 《贵族之家》

屠格涅夫名篇名句赏读

他勇敢地、快乐地一往直前,一帆风顺;人生对于他,有如油般平滑。

❋ 《贵族之家》

人生里面有些瞬间,也有些情感那是我们只能意会,却不可以言传的。

❋ 《贵族之家》

她有着许多实际的知识和很高的审美能力,很爱舒适,而对于为自己寻找舒适又有着惊人的才能。

❋ 《贵族之家》

我们不能把自己的一生毁掉。

❋ 《贵族之家》

她宁可死掉,也不肯让别的主妇来分割她的权柄一分一毫。

❋ 《贵族之家》

他的健康的天性要求着它自己的权利。

❋ 《贵族之家》

他的人生经历和教养给他带来的怀疑主义终于坚决地攫住了他的心灵。

❋ 《贵族之家》

一个人到了不能再骗自己的时候,他也就不能再活在世上了。

❋ 《贵族之家》

她没有"自己的语言",可是,她却有她自己的思想,而且走着她自己的道路。

❋ 《贵族之家》

屠格涅夫名篇名句赏读

生活,这个字眼会在我们的心灵中发出不同的声响。

✽ 《安德烈·科洛索夫》

人生充满着奇怪的奥秘。

✽ 《安德烈·科洛索夫》

人——就是一具披着衣服的骷髅。

✽ 《安德烈·科洛索夫》

生活真不可思议,说不定什么时候,它的轮子就会转向!

✽ 《春潮》

什么事情都有可能发生,等你年纪再大一点,你就什么都不觉得奇怪了。

✽ 《春潮》

自私心,这等于自杀。自私自利的人,好像一棵孤单单的、不结果的树,总会枯萎;然而,自尊心,作为达到理想境界的一种积极的渴望,却是一切伟大事业的一个泉源。

✽ 《罗亭》

没有自尊心的人是渺小的,自尊心——这是可以用来推动地球的阿基米德杠杆,但是同时,只有像骑手善于驾驭马那样善于控制自己的自尊心的人,只有为了大众的利益能够牺牲自己个人的人,才配得上人的称号。

✽ 《罗亭》

一个人应削弱自己身上顽固的利己主义,以便给自己的个性以充分发展的权利!

✽ 《罗亭》

屠格涅夫名篇名句赏读

一个人,特别是在我们这个时代,没有一些规则是不可能生活的。一个人绝不能贬低自己的身份,但必须有自尊感,他必须对自己的一言一行具有清醒的认识。

✲ 《单身汉》

最好的钻石也需要经过一些加工琢磨。

✲ 《单身汉》

生活中哪能不经风雨?

✲ 《烟》

是的,是的,这些人都非常优秀,可是毫无出息。原料都是第一流的,可是做出菜来不中吃。

✲ 《烟》

我要独自干——自己一个人负责!

✲ 《三幅画像》

人对自己的脸庞模样是永远想象不清的个别细小的特征,尽管明明知道,但你就是不能把它们凑成完整的形象。

✲ 《三幅画像》

但要是没有吃的,虚名又有什么用?

✲ 《初恋》

你能够拿到手的,你就去拿,千万不要让别人控制你,做自己的主人——人生的全部"滋味"就在这儿了。

✲ 《初恋》

谁轻视我,谁就要失去我。

✲ 《世外桃源》

屠格涅夫名篇名句赏读

人怎么能不把自己看得很高呢？倘使我没有一点儿价值的话，谁还用得着我的忠诚呢？

❀ 《父与子》

自尊心在她的心里过分地发展，怀疑也一样地生长起来。

❀ 《阿霞》

谁能够帮助别人呢？谁又能够懂得别人的心呢？人全靠自己帮助自己。

❀ 《猎人笔记》

自己的命运掌握在自己手中。

❀ 《克拉拉·米利奇》

他不服从任何权威，他不跟着旁人信仰任何原则，不管这个原则是怎样被人认为神圣不可侵犯。

❀ 《屠格涅夫》

我们总是预料到世界上的一切，就是预料不到本身应当发生的事情。

❀ 《多余人的日记》

人无常，万物都要化为尘埃，都要像草一样枯萎，会死去，不再存在世上。

❀ 《草原上的李耳王》

生活是无休无止、形形色色的，而且是从来不会重复的。

❀ 《好斗之士》

头脑里只有一个念头，生活里只有一个目标和一件事情的人，是多么可笑啊。

❀ 《村居一月》

屠格涅夫名篇名句赏读

活了二十五岁没有爱过一个人而死去，毕竟是含恨的事。

❋ 《猎人笔记》

生活在向她微笑；然而，往往，笑容比眼泪还要糟。

❋ 《纪念尤·彼·伏列芙斯卡娅》

实际上有哪件事情不值得嘲笑？友谊，家庭的幸福，爱情？所有这些可爱的东西只是作为片刻的休息才是好的，过后你连逃脱都来不及！

❋ 《绳从细处断》

你不妨想一想，梦是多美丽的事情！我们的一生就是梦，我们一生最好的东西也还是梦。

❋ 《雅科夫·巴生科夫》

不管人的要求多么小，命运在任何时候都不会完全加以满足。

❋ 《别屠什科夫》

生 命

　　勇敢的青年！胜利是属于您的。

❋ 《春潮》

　　今天却是属于我们的——我们的！

❋ 《春潮》

　　在您这个年龄,听取一点正义的言辞总是有好处的。

❋ 《春潮》

　　啊,青青,青春,你什么都不在乎,你仿佛拥有宇宙间一切的宝藏,连忧愁也给你安慰,连悲哀也对你有帮助,你自信而大胆。

❋ 《初恋》

　　然而即使在有音乐旋律的诗歌,或者黄昏的惊人的美所引起的眼泪和悲哀中间,青春和蓬勃生命的欢乐感情也还像春草似的生长起来。

❋ 《初恋》

　　啊,倘使我不白白耗费时间,我什么都办得到!

❋ 《初恋》

屠格涅夫名篇名句赏读

我暗地里感到一般年轻人知道有人在背后望他的时候，所常有的那种局促不安的感觉。

✿ 《初恋》

青春的活力在她的内心里骚动，她的血在沸腾，而近旁又没有人可以指导她。她在任何方面都是绝对的自主！这也不是容易受得了的事！

✿ 《阿霞》

那时候我年轻，我还把短促、易逝的将来认为是无限的。

✿ 《阿霞》

可是日子过去了，生命溜走了，我们做了些什么呢？

✿ 《阿霞》

人不是植物，不能长久地繁荣。

✿ 《阿霞》

青春不像一道喷泉水似的在他的心里涌流，而以宁静的光照耀。

✿ 《阿霞》

年轻人有什么不可以消愁遣闷的呢！

✿ 《阿霞》

如果能以清醒、冷静的目光看待生活，不说大话，这就是一个不同凡响的年轻人。

✿ 《安德烈·科洛索夫》

青年人的内心一般都潜在着一种激愤情绪，若经过正确的疏导，会平息下来，不致闹出什么乱子来。

✿ 《安德烈·科洛索夫》

屠格涅夫名篇名句赏读

不要平白无故地浪费自己的精力,也不要故弄玄虚。

✻ 《安德烈·科洛索夫》

青年人总是在希冀着什么,追求着什么,幻想着什么。但往往他们并不真正知道自己到底在渴望些什么。

✻ 《安德烈·科洛索夫》

青年人有时会感到自己很孤独,渴望和所谓的活生生的人进行交往。

✻ 《安德烈·科洛索夫》

那时节,我不了解女人,我什么也不懂。

✻ 《贵族之家》

那时候,我年轻,没有经验,我给骗啦,我给一个美丽的外表迷惑啦。

✻ 《贵族之家》

在她那健康的、圆圆的、美丽的脸上,每一处都散发着青春的光彩。

✻ 《贵族之家》

她的眼睛却和她的父亲的完全两样:它们闪耀着孩子们所少有的平静的注意和善良。

✻ 《贵族之家》

我衷心将自己献给新的感情,在心灵上我正如婴儿又新生;我素所膜拜的我今皆销毁,我昔所销毁的我今又崇钦。

✻ 《贵族之家》

到老来还能不失善良的信仰、意志的强韧、行动的意愿,那也就该满足了。

✻ 《贵族之家》

屠格涅夫名篇名句赏读

我们这样的老年人自然有你们还不了解的、什么游戏也代替不了的乐趣：那就是回忆。

✺ 《贵族之家》

要在老年的身体里保持少年的心，如某些人所说的，不仅是困难的，而且几乎是可笑的。

✺ 《贵族之家》

最令人伤心的就是在自己不知不觉之间，精力已经一天比一天衰竭。对于一个老年人，那样的打击真是受不住的。

✺ 《贵族之家》

那充溢了他的灵魂的奇妙的感觉，既不同于甜蜜，也不同于辛酸，而是对于已逝的青春的深沉的伤悼，对于曾经沉醉过的幸福的淡远的怅惘。

✺ 《贵族之家》

暮年压倒了他，他的心正和他的指头一样也变僵了、硬了。

✺ 《贵族之家》

无论谁，亲爱的少爷，都是命定地要自己啃掉自己的。

✺ 《贵族之家》

他的健康已经抛弃了他。

✺ 《贵族之家》

年轻，却缺乏能力——那是可以忍受的；可是，年老，而又精力衰弱——那却是令人悲哀的了。

✺ 《贵族之家》

有的老人心更热，假如老人要是爱上谁，那么这就是坚不可摧的！

屠格涅夫名篇名句赏读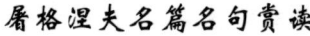

这就是永久的！

❋ 《不幸的女人》

人生短暂，浮生若梦。

❋ 《不幸的女人》

不幸的青春！总是从一岸走向另一岸，而哪一岸也不愿停靠！

❋ 《不幸的女人》

不幸的孩子们比幸福的孩子更聪明。

❋ 《不幸的女人》

生命流逝而我只是看到它如何流逝。过去在孩提时，你在河岸上用沙子围了个小池塘，并且筑上了坝，千方百计设法不让水渗出去、不让水冲出，可是水终于还是冲开了，你不再忙碌了，开始高兴地看着你所积聚的一切流得一滴不剩。

❋ 《不幸的女人》

我们老人和你们年轻人很难一起生活，非常困难！我们的概念在哪一方面都不一致；无论是在艺术方面，无论是在生活方面，甚至是在道德方面。

❋ 《不幸的女人》

光辉灿烂的夏天早晨的感觉：一切都含着清晨的神色和笑容，恰似一个初醒的婴儿刚刚洗干净的玫瑰色小脸一般。

❋ 《世外桃源》

我们摆起架子，自命不凡，或是干脆成为流浪汉，并且还常常借酒浇愁——这才更像一场梦，而且是个非常可怕的噩梦哪。我们的生命已经消耗了，而且是无聊地、荒唐地、庸俗地虚度了——这才是令人伤心的事

屠格涅夫名篇名句赏读

情啊!

❋ 《世外桃源》

那是青春、欢乐、幸福的年代,希望无穷、精力充沛的年代,如果说那是个梦,那也是个美妙的梦啊。

❋ 《世外桃源》

与其白白地浪费生命,倒不如尽可能把我所知道的东西传授给别人好一些;也许他们能从我所知道的知识中汲取哪怕一些有用的东西也好。

❋ 《罗亭》

我应该行动起来。我不应该埋没自己的才能,如果我有什么才能的话;我不应该把自己的精力浪费在一些闲谈上面,浪费在一些空洞、无聊的废话上面,浪费在毫无意义的言词上面。

❋ 《罗亭》

我们的生命是会迅速逝去和微不足道的;可是,一切伟大的事业都要靠群众去创造。这种意识,就是使人能够以最高尚的力量来获得无上的快乐;人将会在自身的死亡中得到新生,找到自己的归宿。

❋ 《罗亭》

死神,是正跟个渔夫一样的:他已经把鱼打在自己的网里了,但暂时还把它留在水里;鱼仍在游着,可是网却早已套在它周围了,渔夫终会把它拖上来的——在他高兴的任何时候。

❋ 《前夜》

死亡是能掩盖一切,能和解一切的——不是么?

❋ 《前夜》

我们的时间原来就不属于我们。

✽ 《前夜》

他像小孩似的从心坎里发出笑声。

✽ 《回忆录》

直到老年,他还保持着几乎是小孩似的新鲜的感受力,并且像在青年时代一样,一看见美的事物就深深地感动。

✽ 《回忆录》

死亡具有澄清和调解的力量;诽谤和妒忌、仇恨和误会——一切都要在最平凡的坟墓面前归于消失。

✽ 《回忆录》

青年的愿望总是无私的、正当的。

✽ 《回忆录》

这可怜的老头儿不能保持清洁,因此他们经常让他跟大家保持一个距离。

✽ 《猎人笔记》

她的面貌表现出一种胆怯而无希望的期待,和一种令人伤心的、老年的哀愁。

✽ 《猎人笔记》

过去的事总是过去了;过去的事不能回转来,而且毕竟现在世界上一切都在好起来。

✽ 《猎人笔记》

你们青年人,对于一切事物总是不假思索地判断和解释,你们都不大懂得自己的祖国。

✽ 《猎人笔记》

屠格涅夫名篇名句赏读

没有一个人,没有一个生物能混得过死。死并不来缠住你,可是你也逃不掉它;但是帮助死是不应该的。

✽ 《猎人笔记》

真的老人绝不自称为老人的。

✽ 《猎人笔记》

在人活着的时候,他不会感觉到自己的生命的:生命就像声音一样,过一段时间以后,它才变得清晰。

✽ 《多余人的日记》

其实死毕竟是神圣的事,死使一切事物的身价提高了。

✽ 《多余人的日记》

一片枯萎的枫叶离开了树枝,正朝地上落下来,它飘着,就像一只蝴蝶在飞一样。这不奇怪吗?最悲惨的死的东西——却跟最快乐的活的东西一样。

✽ 《父与子》

死是一种古老的玩笑,可是它对每个人都是很新鲜的。

✽ 《父与子》

啊,诗歌!青春!女性的、处子的美!您如今只可能瞬息间来我的面前闪现一下——在这个早春的早早的清晨!

✽ 《来访》

俗话说得好:年老不是喜。

✽ 《僻静的角落》

死是自然界的伟大而庄严的工作。

✽ 《草原上的李耳王》

屠格涅夫名篇名句赏读

生命令人觉得是在可怕地迅速地向前奔驰,迅速而无声息,像河水中面临跌落的瀑布的那段急流。

❋ 《沙钟》

时间一晃就过去了。

❋ 《三幅画像》

几乎每一个过往的日子都是多么空虚、萎靡、渺小!它在自己身后留下的痕迹是多么少!这一小时又一小时的光阴过得多么无聊又愚蠢!而人却想活;他珍惜生命,他对生命、对自己、对未来寄予希望噢,他期待从将来得到多少好处啊!

❋ 《明天,明天!》

幸 福

你又有什么权利要求真实和完全的幸福呢？你掉转脑袋瞧瞧吧：这四边的人谁幸福？谁在享受自己的生活？

✻ 《贵族之家》

生命对于我，已经是多么不能忍耐的重负啊！

✻ 《贵族之家》

悔恨折磨死我了，我已经成了我自己的负担。

✻ 《贵族之家》

这种生活，有时候，却使他的肩头感到沉重，之所以沉重，就是因为空虚。

✻ 《贵族之家》

恒久的、无情的苦难已经在这可怜的音乐家身上打下了不可磨灭的烙印，在那本来得天独厚的身材上面又加上了歪曲和摧残。

✻ 《贵族之家》

经验、理智全都是空虚、愚妄！请不要自己把世上最美的、唯一的幸福剥夺了吧。

✻ 《贵族之家》

屠格涅夫名篇名句赏读

让阳光去照耀别的人吧！我们黯淡的生活也自有它自己的骄傲和自己的幸福呢！

✿ 《前夜》

伴着所爱的人，在异乡的城市，陌生人们中间，双双漫步，是有着特殊的甜味的；一切都好像是那么美，那么有意味，你对一切人都怀着好意，都祝愿平安，你对每一个人都祝望着自己心里所充溢着的一切幸福。

✿ 《前夜》

痛苦啊再来一次，再来一次——再来一天，再来另一天，我就已经既不会有痛苦，也不会有快乐了。

✿ 《多余人的日记》

当痛苦达到，使我们的整个内脏像超载的大车一样迸裂而哼哼时，痛苦就不应再是令人发笑的。

✿ 《多余人的日记》

只有在命运的打击落在我身上时，我的记忆从那一时刻才变得完全可靠而清楚了。

✿ 《多余人的日记》

静止不动是多么好啊！终于摆脱了令人苦恼的生活认识，摆脱了生存令人厌烦的、使人不安的感情！

✿ 《多余人的日记》

无休止的令人痛苦不安的事日夜折磨得她精力衰竭。只有一次我看到她是完全平静的，那就是：在她死后的第一天，在棺材里。

✿ 《多余人的日记》

在这种令人迷醉的力量（十分顺利的处境）终于过去时，一个人往往

屠格涅夫名篇名句赏读

变得遗憾而惋惜他在幸福中很少照看自己,他没有特别着重思考、回忆,没有继续他的享乐,仿佛一个怡然自得的人哪有工夫考虑自己的感情,哪值得考虑自己的感情!幸福的人——是太阳下的苍蝇。

❋ 《多余人的日记》

我发现,哭泣的人往往这样:仿佛某一些话,大多是毫无意义的话——可是正是这些话,而不是别的话——使一个人泪如泉涌,使他受到震动,激起他既可怜别人,又可怜自己的感情。

❋ 《不幸的女人》

她是一个病魔缠身的女人,一张脸异常美丽,却如同蜂蜡一样苍白,一双眼睛那么忧郁,以至往往只要她一久久地望着我,我即使不看她,也立即感到这种悲哀的、愁苦的眼光,于是便哭起来,扑过去抱住她。

❋ 《不幸的女人》

明天我会幸福了!可是幸福没有明天,它甚至也没有昨天;它既不记忆过去,也不去想将来,它只有现在,而且这并不是一天——只是短短的一刻。

❋ 《阿霞》

有时候我想哭,可是我反而笑了。

❋ 《阿霞》

灾难像对私人仇敌一般毫不放松地紧紧追逐着他。

❋ 《猎人笔记》

命运像猎狗追逐兔子一般折磨他。

❋ 《猎人笔记》

她正在数一数二地号哭着。这抑扬的、单调的、悲哀绝望的音调,凄

屠格涅夫名篇名句赏读

凉地散布在空旷的原野中。

✽ 《猎人笔记》

还有更难受的：你眼看见别人盲目地信任你，而你自己明知道是无能为力的。

✽ 《猎人笔记》

我沿着街道快步走着。夜幕早已降临，这南方美丽的夜色，不像我们那儿的夜晚似的：悒郁、深沉、宁静；一点不像！它是多么明亮、多么瑰丽、多么柔美，就像一个幸福的妙龄女郎。

✽ 《三幅画像》

这夜晚在等待着一个声音。这灵敏的寂静正在等待着一个人的声音——然而，到处是静悄悄的，没有一点声音。夜莺早已停止了歌唱。

✽ 《三幅画像》

眼泪俨如一场暴风雨：大凡人哭过之后总会安静一些。

✽ 《三幅画像》

悲痛会不由自主的产生一种庄重，悲痛会逐渐自我忘怀。

✽ 《表》

这人生无法承受的绝望是怎样煎熬着不幸的生灵啊。

✽ 《表》

痛苦催人老。

✽ 《表》

但是生活的幸福不在这里面，它是在道德里面，在爱情里面，在心灵的善良里面。

✽ 《单身汉》

屠格涅夫名篇名句赏读

一个无所事事的人胡思乱想出来的最夸张的、最狂热的幸福都是不能和他实际上能够得到的幸福相比的。

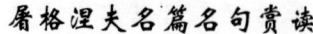 《绳从细处断》

我不能忍受她那种温驯的目光,她那种笑容,我见不得她那被幸福浸透了、被幸福陶醉了的样子。谁不知道她是幸福的?不管她怎么假装忧愁悲伤,她的亲热叫人受不了。

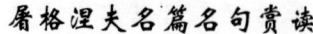 《村居一月》

你想要幸福吗?首先学会痛苦。

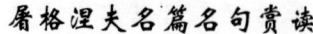 《生活规条》

噢,俄罗斯自由乡村的富裕、安谧和丰足啊!噢,宁静和幸福啊!我不禁忽然想到:即使是皇城圣索菲亚教堂圆顶上的十字架,还有我们这些城里人孜孜以求的一切,在这儿对我们又算得了什么呢!

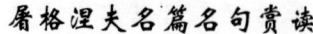 《乡村》

她的眼睛透过低垂的长睫,闪烁着欢乐的泪花。她不是在微笑,而是笑开了花,幸福盈盈地笑了。

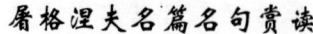 《春潮》

我,像一个雕塑家,像一个制作金器的手艺人,成天不停地雕呀、刻呀,千方百计去装饰那只高脚大酒杯,我将用它给自己端来毒药啊。

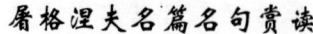 《酒杯》

我也并没有想着自己的创伤。折磨我的是另一些创伤,是数不清的,裂开大口的创伤;从中如殷红的急水一般流出亲人们的、珍贵的血,无穷无尽地流啊,毫无意义地流,如同雨水从高高的屋顶倾泻在街道的肮脏污秽上。

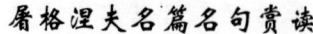 《鸫鸟》

屠格涅夫名篇名句赏读

人间是没有正义的,正是这样的。

❋ 《屠格涅夫》

痛苦和爱情连在一起,到处,到处,都是如此!

❋ 《处女地》

理 想

　　斯坦凯维奇所以能对别人发生那么大的影响,是由于他不顾自己,却真正地关心每一个人,而且仿佛连自己也没有觉察到似的,把人引入了"理想"的境界。

❋ 《回忆录》

　　在他看来,没有任何东西能比他所捍卫的事业、比他所维护和发挥的思想更加重要和崇高。

❋ 《回忆录》

　　他不容许仅仅为艺术而艺术,正如他不容许仅仅为生活而生活那样;怪不得他是理想主义者了。一切都应该为一个原则服务,艺术也像科学一样,应该为这个原则服务,不过它所采取的方式是别致的、特殊的。

❋ 《回忆录》

　　别林斯基爱俄国,但是他也热爱教化和自由:把这两种他认为的最高利益融成一体——这便是他的活动的全部意义,便是他追求的目标。

❋ 《回忆录》

屠格涅夫名篇名句赏读

知识比任何东西更能给人自由,在艺术、诗歌的事业中比任何地方更需要自由。

❋ 《回忆录》

需要看法上和理解上的自由、充分的自由,最后,还需要教养,需要知识!

❋ 《回忆录》

我们却只需要自由,而且我们一定能争取到它。

❋ 《回忆录》

对于一个人来说,再也没有什么比泯灭更值得痛苦的了。

❋ 《回忆录》

否定是为了理想。

❋ 《回忆录》

遵命对我是痛苦的。

❋ 《贵族之家》

他受过相当优良的教育,在大学毕过业,可是,因为出身寒微,所以从幼年起就深知开拓前程和挣积家业的必要。

❋ 《贵族之家》

每个人都有自己的理想。

❋ 《贵族之家》

自由高于一切,先于一切。

❋ 《春潮》

去争取你想得到、却仿佛不可能得到的东西,是多么有意思啊!只

屠格涅夫名篇名句赏读

有为了这个,才值得活着!

✽ 《春潮》

荣誉高于一切!

✽ 《春潮》

要做个艺术家特别是歌唱家,就得做第一流的,否则就没有意思,可是谁有把握能达到这样的境界呢?

✽ 《春潮》

人家束缚不了我,我也不去束缚别人,我爱自由,我不承认义务——这不光是指我自己。

✽ 《春潮》

"未来"大半都不是能够由我们做主的。那个时候倘使我们有机会做一点儿事情,那是再好没有的了;倘使没有机会——至少我们还可以高兴自己并没有预先说了一堆空话。

✽ 《父与子》

有意义的事情即使错误,也是好的;就是没有意义的事也可以忍受,可是,无聊的话这却是受不了的。

✽ 《父与子》

我们常常对自己的过去都不能理解,哪里还能为将来负责!将来是不能用铁链拴住的。

✽ 《村居一月》

一个人所抱的愿望和希望无论是多么微小,可是当突然被夺走的时候,他也是很难不手足失措的,哪怕仅仅只有一瞬间。

✽ 《村居一月》

屠格涅夫名篇名句赏读

从早到晚观察琐碎的事情，自己也会变得琐碎。

❋《村居一月》

一个竭力追求崇高目标的人，就不应该想到自己。

❋《罗亭》

当你梦想工作的时候，你像鹰似的飞翔：你好像有移天动地的力量，可是一旦动手做起来，你立刻就变得软弱、疲乏了。

❋《阿霞》

一般情况下，如果一个人的目的达到之后，他的热情就会逐渐冷却下去。

❋《别屠什科夫》

这些草原一直通到暖海，那儿有一只声音很好听的鸟叫做"格马云"，树上的叶子无论冬天、秋天都不掉下来，银树枝上长着金苹果，所有的人都过着富裕而正直的生活。

❋《猎人笔记》

大凡经常强烈地萦心于一种思想或一种热情的人，在举止谈吐上必定看得出一种共通的、表面上的类似点，无论他们的品性、能力、社会地位和教养如何不同。

❋《猎人笔记》

我想："科学大概到处都是一样的，真理也是一样的。"我就打定主意动身到外国去，到异教徒那里去了。

❋《猎人笔记》

我的同胞们使我惊讶，他们都灰心丧气、无精打采，可同时他们又满怀希望，稍微有点什么，就激动得要命。他们都是绝顶的好人，同时又是

屠格涅夫名篇名句赏读

绝望与狂喜的混合物,把一切希望寄托于未来。

❇ 《烟》

我们的性格和习惯本来就是这样的。倘使"厌烦"这个离间者一到来,灵魂就被召唤到遥远的地方去。

❇ 《屠格涅夫》

弦是紧紧地绷着的啦,要响,就响得全世界都能听见,不然,就干脆绷断吧!

❇ 《前夜》

人无论祈求什么——总不外祈求奇迹。

❇ 《祈求》

一个人无论干什么,要想成功,就千万不能忽视任何事情,他必须对一切都下工夫,那也许还能有所收获。

❇ 《世外桃源》

我一生完了,而且白白地、荒唐地过完了——可悲的就在这儿!

❇ 《僻静的角落》

霍尔要是作了自由人,凡是没有胡子的人,就都管得着霍尔了。

❇ 《霍尔和卡里内奇》

信 仰

  他天生有一个可贵的、良好的特性,能够不用劝说,不用论据,而用他本身的灵魂的美,去激发别人灵魂中的美好的东西。

❋ 《回忆录》

  人的幻想不会实现,惋惜也没有用处。

❋ 《回忆录》

  不管什么样的幻想,即便是最热烈、最标新立异的,能够赶得上现实,赶得上自然吗?任何一只龙虾也要比所有霍夫曼的故事更神奇十万倍;哪一篇天才的诗作能够和即便是和长在您家花园里的山上的那棵橡树媲美?

❋ 《绳从细处断》

  真实对于您的灵魂,就像亮光对于眼睛,空气对于肺叶。

❋ 《绳从细处断》

  一个正派人在任何场合都不应该放弃自己的信念。

❋ 《烟》

  其他各种幸福都——从她身边错过了。但她对这些早已安之若

屠格涅夫名篇名句赏读

素——只是全身心地,燃烧着不灭的信仰的火光,献身于为四周的人们服务。

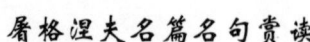 《纪念尤·彼·伏列芙斯卡娅》

"去做无名的牺牲?你会死掉——而没有人甚至没有人知道,他满怀尊敬纪念着的人是谁!""我既不需要感激,也不需要怜惜。我不需要名声。"

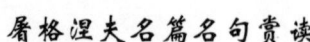 《门槛》

俄罗斯人那么确信他自己的力量和坚毅,连折磨自己都情愿:他很少留恋过去,而勇敢地向前面看。凡是好的他都喜欢,凡是合理的他都接受,至于这是从哪里来的,他一概不问。

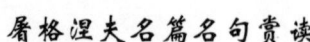 《霍尔和卡里内奇》

在一个有思想的人看来,没有一个地方是荒凉偏僻的。

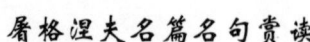 《父与子》

一切思想犹如面团——只要糅合得好,什么东西都可捏制出来。

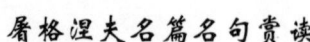 《安德烈·科洛索夫》

心,可不比苹果:它是分割不开的。

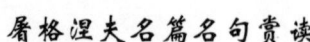 《前夜》

灵魂难道不是永生的吗?难道灵魂还需要一具凡人的机体发挥自己的支配力量?催眠术便向我们证明了一个活人的灵魂对另一个活人的灵魂的作用,既然灵魂是永生的——这种作用为什么死后不能继续存在呢?

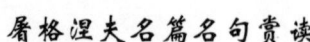 《克拉拉·米利奇》

情感世界

友情

愛情

友 情

谁忽视我,就会失去我。

✻ 《僻静的角落》

说到友谊,我告诉您姑娘们的友谊比男人的友谊更不如。她们在一块儿的时候很好,可是一分手就忘得干干净净了。

✻ 《僻静的角落》

有一种人,虽然有朋友,甚至很明白友谊这种神圣感情的全部含义,但心地却十分狭窄,以至于耍起花招来。这种人在我眼里十分低劣,好像事事可以隐瞒得住的!

✻ 《表》

结交一个重实际的人,是十分荣幸的事。

✻ 《表》

有时,两个人一连几个钟头不谈一句话,但两人都觉得心情舒畅——之所以感到舒畅,就因为两个人在一起。

✻ 《表》

我的朋友们,无论人家怎样诽谤你们,请千万不要为自己辩白;不必

聆听感悟大师经典

屠格涅夫名篇名句赏读

设法解释误会,自己不要作,也不要听人家作"最后陈述"。好好做自己的事情,其他一切总会顺利解决的。

❀ 《回忆录》

兴致勃勃的观察、真挚的同情、坚贞不渝的友谊。

❀ 《回忆录》

别人的心,是完全不可认识的事物,它只显示自己的优点。

❀ 《好斗之士》

我对人就不怀疑,可是我也有弱点,认为其他人不比我强。

❀ 《好斗之士》

为了朋友的安宁,一个正派的人有的时候应该牺牲自己的快乐。

❀ 《村居一月》

像一般知己的年轻朋友一样,我们彼此都不隐藏丝毫的秘密。

❀ 《普宁与巴布林》

不要伤心,我的老朋友!要是他们把你从你自己的家里赶出来,你会在我的家里找到一个永久安身的地方。

❀ 《草原上的李耳王》

一个在生活中很晚——只是在经过许多体验之后——眼见好友的真正堕落或者缺点,才学会不因自己的美德和力量暗自喜悦,而相反地同情他、帮助他,尽量谦虚谨慎,理解缺点的自然性,几乎是不可避免的。

❀ 《不幸的女人》

假如您要是只想挽救我,把我从可怕的处境中拉出来,我就不会同意,可是您爱我,一切都知道您还爱我;我任何时候也找不到更可靠、更

屠格涅夫名篇名句赏读

忠实的朋友了。

❈ 《多余人的日记》

在春天,容易别离;在春天,幸福的人也会被吸引到远方去。

❈ 《猎人笔记》

请君来到草原上,我在那里空伫候;请君来到草原上,我在那里泪常流。呜呼,当你来到草原上的时候,已经过迟了,亲爱的朋友。

❈ 《猎人笔记》

他们和邻居们不大来往,因为地位低的人跟他们不相称,而富人呢,自尊心又阻止她们跟他们交往。

❈ 《猎人笔记》

他不能同任何人作知交或真心地亲近,他所以不能,并不是因为他一概不需要别人,而是因为他的全部生活一时都倾向内面的缘故。

❈ 《猎人笔记》

主人拉起一位女士的手,把她引向另一位。"恩惠!"他指着第一位说。"感激!"他又指着第二位说。两位美德惊讶得不知怎样说才好:自从世界存在以来——而它早就存在了,她俩还是第一次见面呢!

❈ 《天神的宴会》

您不让刚开始成熟的感情有成长的时间,您,您自己先破坏了我们的友谊,您不信任我,您怀疑我。

❈ 《阿霞》

爱 情

恋爱,就是从一种激烈情感的无言的困扰中得到的满足。

❋ 《安德烈·科洛索夫》

一个人在意识到他心中的爱情已经渐渐消逝时,能毅然决然地在一个痛苦而庄严的时刻,与他曾经相爱过的人分手,这种人,要比无聊和懦弱、虚与委蛇的人更懂得爱的真谛。

❋ 《安德烈·科洛索夫》

爱,是无所不见的。

❋ 《安德烈·科洛索夫》

情感上的困扰,往往会把人弄得食不甘味、寝不安眠。

❋ 《安德烈·科洛索夫》

你在恋爱嘛,如果在胸口有一种特别的感受,那也就是爱情的标志吧。

❋ 《安德烈·科洛索夫》

两性之间往往会由感激变成友谊,又由友谊变成爱情。

❋ 《安德烈·科洛索夫》

屠格涅夫名篇名句赏读

他爱我的时间不长,可是他爱了我!他从来没有欺骗我,因为他没有向我说过要我做他的妻子;我自己从来也没有想过这个。就是现在我还不是完全不幸的,因为我留下了记忆。

❋ 《多余人的日记》

爱情的第一次萌芽总是使一个女孩子激动和害怕。

❋ 《多余人的日记》

当您的全部心神都天真地、不由自主地贯注在所爱的人的每一个动作上,当他的存在不能使您满足——听不够他的声音;当您微微含笑,并且好像一个恢复健康的孩子时,在这种热恋的情况下,有点经验的人离一百步远一眼就应当知道您发生了什么事。

❋ 《多余人的日记》

当确实有人爱您时,甚至折磨一阵受宠爱的人也是有好处的。

❋ 《多余人的日记》

谁要是这种热恋的目睹者,假如他自己爱上了人而不为人所爱,那他就体验过痛苦的时刻。

❋ 《多余人的日记》

爱情是一种疾病;而对疾病,法律是没有作用的。

❋ 《多余人的日记》

感情的流露——就好像是甘草根一样:一开始吮吸一会儿仿佛还不错,而过后在嘴里就变得如同嚼蜡了。

❋ 《多余人的日记》

在他们中间有一种秘密的、毫不间断的联系。他就是不看她,不和她说话,也总仿佛是在向她打招呼,并且是对她一个人;她漂亮、出色,对

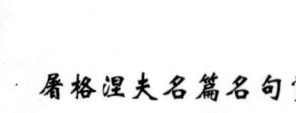

屠格涅夫名篇名句赏读

其他人和善——也是为他一个人。

❋ 《多余人的日记》

她像被波浪冲洗一样,就仿佛已经有一半离开了河岸的幼嫩小树,她贪婪地俯向急流,准备把自己那春天的首次开花和自己的全部生命奉献给他。

❋ 《多余人的日记》

我爱您,我以我初恋的心全心全意热爱您。爱情的火焰突然在心中燃烧起来,力量之大,使我找不到恰当的语言来加以形容。

❋ 《春潮》

初恋神妙的激情在他们心中荡漾,它简直就像一切革命。日常生活中单调有规律的秩序,在顷刻间就被打破、被摧毁了。青春克服了障碍,它那辉煌的旗帜在空中高高飘扬,不管未来等待着它的是死亡还是新生,它都以极大的热情张开怀抱去迎接。

❋ 《春潮》

萨宁回到房间里,没有点燃蜡烛就倒在沙发上,两手交叉放在脑后,陶醉在刚刚觉醒的爱的激情里,这种激情真是难以描述。体验过的人知道它那温柔甜蜜的滋味;没有体验过的,你就是描绘给他听,他也体会不了。

❋ 《春潮》

当这个女人向你走来的时候,你会觉得她给你带来了终生的幸福。

❋ 《春潮》

当她微笑时,脸上出现的不是一个酒窝,也不是两个,而是三个酒窝——她的眼睛比嘴唇笑意更浓。

❋ 《春潮》

屠格涅夫名篇名句赏读

俗语说得真对,恋爱着的人都有份运气!

❀ 《春潮》

啊,一个恋爱的女人的眼光——谁能够描写呢?这对眼睛,它们在恳求,它们表示信任,它们又在追问,它们又表示服从,我不能抵抗它们的魔力。

❀ 《阿霞》

我了解,为什么这个奇怪的少女引动了我,这不仅是那种流露在她整个娇弱的身体里面的几乎是野性的美引动了我,我也喜欢她的灵魂。

❀ 《阿霞》

没有别的眼睛可以代替那一对有一次曾经充满了爱情望着我的眼睛,没有别的一颗心曾经偎在我的胸前,使我的心感受那么欢乐、那么甜蜜的陶醉!

❀ 《阿霞》

任何爱情,幸福的也罢,不幸的也罢,当你把自己整个献给它的时候,都是真正的灾难。

❀ 《村居一月》

您仿佛变成了另外一个人。您笑,您跳,您玩,像个小姑娘。您的眼睛闪亮,您的面颊发红,您瞧着他,带着多么轻信的好奇,带着多么欢乐的关注,您露出怎样的笑容,甚至现在,一回想当时,您脸上又放出光彩。

❀ 《村居一月》

我爱您——这种感情是如此明朗,如此恬静,它使我激动使我感到温暖,但是您从来没有使我哭过。

❀ 《村居一月》

— 69 —

屠格涅夫名篇名句赏读

那双娇嫩的小手多么善于拷打您的身体,它会多么温柔体贴地、一片一片地撕碎您的心。在最热烈的爱情下面隐藏着多少刻骨的仇恨!

❋ 《村居一月》

有时候折磨一下你的爱人是一件快乐的事。

❋ 《村居一月》

不是火在烧,不是油在滚,烧着滚着的是那火热的心。

❋ 《村居一月》

如果她睁着那一双严肃的慧眼,站在弥罗岛上的"爱神"面前,那尊美丽的石像和她相形之下,我想也会感到羞惭。

❋ 《世外桃源》

讲求实际的人也并不是铁石心肠,他们并不比凡夫俗子更喜欢过孤苦的日子。

❋ 《世外桃源》

别睁着眼睛骗自己吧——别把不愿无爱而委身的心声派作软弱吧!对于一个你并不爱而只是遵命归属的男子,不要在自己的肩上负担那么可怕的责任吧!

❋ 《贵族之家》

他爱她那胆怯的步态,她那娇羞的回答,她那温柔的声音,和她那文静的微笑。

❋ 《贵族之家》

她知道她爱了——诚实地、认真地爱了,那是一种不顾一切的、终生也不能移易的热烈的爱。

❋ 《贵族之家》

屠格涅夫名篇名句赏读

别林斯基能够憎恨,他用整个心灵去鄙视那该受鄙视的东西。

❋ 《回忆录》

我看不出我面前有别的道路。我不能和我憎恨的东西待在一起,跟它呼吸同样的空气。

❋ 《回忆录》

一个女人中了你的意,你就想尽方法达到你的目的;要是达不到目的——那你就掉过背走吧——世界大得很。

❋ 《父与子》

一个人把他整个的一生押在"女人的爱"那一张牌上头赌博,那张牌输了,他就那样地灰心丧气,弄得自己什么事都不能做。这种人不算是一个男子,不过是一个雄的生物。

❋ 《父与子》

我不会爱上一个我瞧不起的人,我要爱一个能够支配我的人。

❋ 《初恋》

为什么会走到这个地步,她在指望什么呢?她怎么不怕毁掉她整个的前程呢?我想:是啊,这就是爱情,这就是激情,这就是情之所钟吧。

❋ 《初恋》

难道爱情真的害怕完美,人世间可能有的完美,难道在女人的心目中,完美真是一种古怪、可怕的东西吗?

❋ 《雅科夫·巴生科夫》

我爱这个人,至于您对他的看法怎么样,您对我爱他的看法又怎么样,跟我完全不相干。

❋ 《雅科夫·巴生科夫》

屠格涅夫名篇名句赏读

你是唯一、唯一爱过我的人;所以我也愿意只属于你一个人。

❋ 《雅科夫·巴生科夫》

他们俩情投意合。他们两人在一起,有时一连几个小时不说一句话,但他们每个人都觉得他们两个很快乐——因为他们两人能待在一起,所以感到快乐。

❋ 《三幅画像》

不!"爱情"这个词可不能随便拿来开玩笑的。

❋ 《三幅画像》

天啊!她那又大又黑的眼睛闪着多么妩媚动人的光芒。在她那耸起的、圆圆匀称的肩膀上,披散着一头半蓬松着的黑发,多么像是汹涌的波浪啊!她那柔软的腰肢轻俯的时候,是多么富有羞涩缠绵的温柔;她呼唤我时——用那急促而又清脆的喁喁低语叫我时,声音中充满了多少痴情爱抚!

❋ 《三幅画像》

爱情的悲剧——就是不幸的爱情。

❋ 《罗亭》

没有完全的平等就没有爱情。

❋ 《罗亭》

只有爱人的人,才有权指摘、责备别人。

❋ 《罗亭》

人生的秘密是无穷的,而爱情本身是这些秘密中最不可捉摸的。

❋ 《不幸的女人》

我们不靠动作、不说话、就互相说明了一切、一切。唉!我们心心相

屠格涅夫名篇名句赏读

印、情投意合,像地下的泉水看不见,听不见,不可抗拒地汇合到了一起。

❋ 《不幸的女人》

英沙洛夫坚强的灵魂,被一种不可言谈的柔情辗成了粉末,他从来还不曾体验过的眼泪,在他的眼眶里滚动着。

❋ 《屠格涅夫》

他终于知道,叶琳娜决心离家弃亲,同他一起献身那艰苦的事业时,他发现爱情和信仰在这里获得了统一,他发现扑向自己怀抱的,不仅是爱人,更是战友,是何等欢欣。

❋ 《屠格涅夫》

一个人在自己所爱的人面前是不会战战兢兢的。

❋ 《普宁与巴布林》

一切感情都可能导致爱,导致激情,一切!憎恨、怜惜、冷漠、景仰、友谊、畏惧……甚至是轻蔑。是的,一切感情只除开一种:感激。感激这是债务,每个人都可能摊出一大堆自己的债务来,但爱情——不是金钱。

❋ 《通向爱情的道路》

人们说得真对:人在恋爱的时候,都变成了傻瓜!

❋ 《僻静的角落》

我在崇山峻岭间漫步,沿着山谷和明亮的小河,我的目光所到之处,一切都对我把一件事儿诉说:我曾被人爱!我曾被人爱啊!其余的一切我全都忘怀!

❋ 《我在崇山峻岭间漫步》

她激起我的不是一时的热情,而是一种深厚、真诚的感情.其中融合

— 73 —

屠格涅夫名篇名句赏读

着友谊和爱情。

❋ 《好斗之士》

不幸的恋人们所熟知的事对心灵所起的作用就如同风箱之于炭火余烬。

❋ 《好斗之士》

爱情,是一种偶然的机缘,它像艺术一样,是本身就存在着的;像大自然一样,是无需加以辩白的。

❋ 《别屠什科夫》

她那悲哀的眼光里,充满着温柔的忠诚、虔敬的顺从和爱情。她怕他,又不敢哭,同时又要和他告别,又要对他表示最后一次的爱慕;而他呢,像土耳其皇帝一般伸手伸脚懒洋洋地躺着,带着宽大的耐性和迁就态度容忍她的崇拜。

❋ 《猎人笔记》

他的善良而温暖的整个灵魂,似乎贯彻着、充满着一种感情。

❋ 《猎人笔记》

眼泪不会清洗,眼泪会燃烧,火比眼泪燃烧得更旺些。

❋ 《一朵月季花》

她是贞洁的——我也是贞洁的呀!正是这个给了她控制我的力量,爱比死更有力量!

❋ 《克拉拉·米利奇》

为人处世

人际处世

人　际

人家说那是危险的,可是它却能吸引人。

❋ 《世外桃源》

我爱您,是因为您并不卖弄聪明。

❋ 《世外桃源》

事情发生在门廊里,而门廊里还有别的人。

❋ 《世外桃源》

主随客意,乃敬客之道也。

❋ 《世外桃源》

她拿别人取笑的时候,他倒是乐于和她配合,可是他一想到她居然会嘲笑到他头上来,那可就太不好受了。

❋ 《世外桃源》

生性善良,心地纯厚,有着深沉的义务感,老怕刺伤别人的心——她,爱着所有的人。

❋ 《贵族之家》

屠格涅夫名篇名句赏读

她温柔地忍耐着一切的不便,对于所有的不适,只是有趣地笑笑而已。

✻ 《贵族之家》

如果能够不抱第一印象的成见,那么,在这半毁的灵魂里,是一定能够发现出善良、诚实和非凡的品质来的。

✻ 《贵族之家》

你生来就有一个多情的、热烈的灵魂,可是,你却被外力阻隔着,不许接近女人;那么,你第一回碰到的女人,自然就会骗你啦。

✻ 《贵族之家》

他已经留意到了父亲的言行不一:空口说着宽大的、自由主义的学说,却实行着狭隘的专制主义的实际。

✻ 《贵族之家》

对于我们终日接近的人,我们反而只有在离开以后这才能够充分了解的。

✻ 《贵族之家》

这样的一位勇敢的、独来独往的青年,是怎样也不会完全忘形,不会完全感情用事的。

✻ 《贵族之家》

一个人,总不能忘记自家的亲眷呀。

✻ 《贵族之家》

以最不伤人的方式对人说出最不愉快的话,对于此道我也略知一二,比方说,不对他直说:"老兄,你是傻瓜",而只要带着温和的笑容对他说上一句:"我们两个人都是傻瓜",意思就到了。

✻ 《村居一月》

屠格涅夫名篇名句赏读

为什么那些真爱你的人都喜欢轮流地把手指头伸进你的伤口里去?而且他们相信,这样可以减轻你的痛苦——这才叫滑稽!

❉ 《村居一月》

当聪明不能叫人开心的时候,聪明有什么好处?没有比不愉快的聪明更令人厌倦的了。

❉ 《村居一月》

当一切都真相大白了的时候,何必还要装模作样,何必还要说假话;在连骗都没人可骗的时候,何必还要伪装。

❉ 《村居一月》

一个人不能妨碍别人的生活,而且有的时候坚持自己的权利是有罪的。

❉ 《村居一月》

他嘴头上过于聪明了。普通人害了病是出疹子啦,出天花啦,这些聪明叫人害了病,专门出废话。

❉ 《村居一月》

任命一种共同的感情,甚至是悲痛的感情,都能团结人们,提高他们。

❉ 《回忆录》

在白天、在阳光下撒播了种子,等到它们发芽结果的时候,果实中绝不会有一点苦味。

❉ 《回忆录》

公爵没有从伤口处拿开手帕,也不让自己享受在决斗线折磨我的乐趣,笑着回绝说:"决斗结束了。"便对空放了一枪。我由于气恼和发疯几

屠格涅夫名篇名句赏读

乎哭了出来。这个人以他自己的宽宏大量彻底把我毁了,使我陷入了困境。

❋ 《多余人的日记》

公爵是一个性情快活、合群的人,各方面都很周到,他怎么能在各方面不完完全全得到成功呢?

❋ 《多余人的日记》

一个人什么都能够了解——地球怎样颤动啦,太阳上面发生了什么啦;可是别人擤鼻子怎么能够跟他擤鼻子不一样,他就不能够了解了。

❋ 《父与子》

庸俗的出现往往是生活中有益的事情:它能使过度的紧张得到松弛,它想自以为是或忘我的情感提醒它同它们的密切关系,使那些情感清醒过来。

❋ 《父与子》

说谎是一桩很大的罪过。

❋ 《父与子》

我早就不去顾虑谈话对方的观点、见解和习惯了。从实质上来说,我觉得再也没有比不必要的怯懦和可耻的阿谀奉承更坏的事了。

❋ 《烟》

首先需要的是耐心,而且这种耐心不是消极的受难,而是积极主动、坚忍不拔,也要使点手段,耍点滑头。

❋ 《烟》

即便是病人,聚在一起也比独处更轻松。

❋ 《烟》

屠格涅夫名篇名句赏读

空洞的责备即使是出自他所轻视的人的嘴,有时也会给人带来多么无法忍受的痛苦。

✣ 《草原上的李耳王》

你的铁石心肠感动得太迟了!石头已经滚下山来了——现在来不及阻挡了!

✣ 《草原上的李耳王》

她原谅一切——她自己的一切也会被原凉!

✣ 《克拉拉·米利奇》

一个长期过着很快活的生活,然而却不会宽恕别人的人,他自己也不配得到别人的宽恕。但是谁能够说,他不需要别人宽恕呢?

✣ 《罗亭》

于是我就直截了当地讲起一个人顺从一时突发的激情的害处,讲起每个人应当尊重别人的自由和人格,总之,我向他进言了有益的、实际的忠告。

✣ 《普宁与巴布林》

他很谨慎,不宣扬人家的家丑,不讲别人的坏话。

✣ 《猎人笔记》

谦虚——这才对呢。它能践踏一切,它能战胜傲慢,但是别忘记:在胜利感本身之中已经有你自己的傲慢在内。

✣ 《淳朴》

听别人诉说他自己的苦衷,这需要充满同情心

✣ 《三次巧遇》

做人应该正直,而且有帮助亲友义务。有时候应该连自身都不

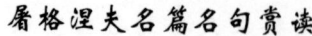

顾惜。

          ❈ 《猎人笔记》

    世间往往有奇怪的事：有的人你和他长住在一起，保持亲密的关系，然而从来不同他推心置腹地讲真心话；而有的人呢，刚刚相识，就一见如故，彼此像忏悔一样把所有的秘密都泄漏出来了。

          ❈ 《猎人笔记》

    在商人那儿做事要讲信用，而且要负责。

          ❈ 《猎人笔记》

    凡是人，在社会里总有不论怎么样的地位，总有不论怎么样的关系。

          ❈ 《猎人笔记》

    他绝不装作一个忧郁的、不满于自己的命运的人；反之，他表示着一视同仁的亲切和殷勤，差不多准备卑屈地接近每一个人。

          ❈ 《猎人笔记》

    一个目的地，或迟或早，总是可以走到的；但是谁不愿意选择一条捷径呢？勤奋、努力、认真这些都会得到褒奖，一点不错；卓越的办事能力对于一个官吏来说也极为有用：它会引起上司的注意；但是人事关系，和有身份的人物交朋友——这是社会上特别重要的东西。

          ❈ 《单身汉》

    您是一位可怕的人物。您具有一种天赋：既不隐瞒什么，也不说出什么，坦率是最好的外交手腕。大概是因为这两者互不妨碍。

          ❈ 《绳从细处断》

    在躺着死人的地方唱歌，是罪孽。

          ❈ 《前夜》

屠格涅夫名篇名句赏读

我曾注意到:当一个人遇见生人后,他只需闭上双眼,那些人的特征就会即刻出现在眼前;在街上,人人都可以证实我的观察的正确性。越是熟悉的面孔,就越难回想起来,对它们的印象也就越模糊;只能记住这些面孔,可就是回想不起来。

❊ 《三幅画像》

他不觉得自己有一丁点儿弱点,他不了解,也不容忍任何人的弱点,他从来不了解任何人和任何事,因为四面八方、上下左右、前前后后他只想到自己一个人。

❊ 《利己主义者》

虽然你们自己卖弄你们的高尚道德,其实像我们所有的人一样,也是有罪的人,而且更坏。

❊ 《不幸的女人》

谄媚和懦弱是最坏的罪恶。

❊ 《阿霞》

谁不喜欢奉承呢?

❊ 《初恋》

狐狸诡计多端,而它到头来还是落网了;小猫只会一招儿:爬树,而狗却都抓不住它。

❊ 《作家与批评家》

不肯升起一根指头去帮助您的同胞这不是好事。

❊ 《处女地》

处 世

坏习惯生了根,淳朴消失了。

❋ 《阿霞》

我的错误不是这个,而是骄傲,骄傲毁了我。

❋ 《草原上的李耳王》

人每逢心里不愉快的时候,灾难就会趁机来威胁他。

❋ 《草原上的李耳王》

不要忘记自己,不要激动,要适当地劳动。

❋ 《不幸的女人》

"您老是笑,老是儿戏,您简直会把您这一生都儿戏掉了。""可是您这样下去,结果会弄得比我更糟糕:您会把您一生都'认真掉'了"。

❋ 《世外桃源》

过去了的事情,何必再提!

❋ 《世外桃源》

一个讲求实际的人每每是难得感觉轻松愉快,不过他内心所想到的

事情，他认为并没有向别人表达出来的必要；他宁肯沉默！

✻ 《世外桃源》

他明白自己所受的教育的缺点，决心要尽力来弥补这些过去的欠缺。

✻ 《贵族之家》

全错在我这改不掉的粗心大意。

✻ 《贵族之家》

当你想从事什么的时候，请先问问自己：是否为文明服务？如果是这样，那么勇敢前进吧。

✻ 《烟》

我们不仅应当把知识、艺术、法律归功于文明，即便是美感与诗情的发展也得力于文明的影响，即便在《荷马史诗》里也能发现精致而丰富的文明的痕迹，就是爱本身也是因为文明而变得高尚起来。

✻ 《烟》

没有文明也就没有诗歌。您想不想弄弄清楚，一个不文明的俄国人的诗意的理想是什么吗？不妨翻翻我们的壮士歌和我们的传说。它们里面总是把爱情说成是施用妖法、蛊术、媚药的结果，还有什么“迷魂汤”，甚至说成是中了邪的情人。

✻ 《烟》

显然，人们不仅不敢正视魔鬼，也不敢正视自己，而且也不仅仅是我们的孩子喜欢别人哄他睡觉。咱们旧有的一些发明是从东方传来的，而新的，有不少是勉勉强强从西方搞来的，可是我们还继续大讲其俄国艺术的独立性！

✻ 《烟》

屠格涅夫名篇名句赏读

我全心全意地热爱文明,对它满怀信心。

❋ 《烟》

孤单而胆怯的人——出于胆怯人的自尊——的不幸正在于他们虽然有眼睛,却什么也看不到,或者是仿佛透过了有色眼睛看到所有东西的假象。他们自己的想法和观察在每一步上都妨碍着他们。

❋ 《多余人的日记》

当一个人十分顺利时,他的头脑很少活动。一种安静、欢乐的感情、满足的感情贯穿他的全身,他为此而陶醉。

❋ 《多余人的日记》

规规矩矩的人是不大吵大叫的。

❋ 《多余人的日记》

他对所有的人都彬彬有礼的,尽管在他和我们落后的县城社交界之间存在着毫不相称的差距,他不仅善于不使任何人感到拘束,而且甚至能装得好像他和我们是平等的人。

❋ 《多余人的日记》

过去的事无法扭转,现在必须行动起来。

❋ 《三幅画像》

他是一个聪明懂事、讲究实际的人;我一想到我有这么一个求实的好朋友,就感到十分荣幸!

❋ 《三幅画像》

宣布得不合时宜的真理比谎言更坏。

❋ 《回忆录》

不管我把自己的才力看得多么微薄,但我过去和现在始终认为,把

屠格涅夫名篇名句赏读

它花费在写诽谤书、写诋毁书上面,是犯不着的,不值得的。

❋ 《回忆录》

别林斯基总是十分坦白地承认自己的过失,他没有一点鄙俗的面子观念。

❋ 《回忆录》

每逢他认为自己的意见有了错误,他也会同样放弃它。在他看来,真理太宝贵了,他不能固执到底。

❋ 《回忆录》

充分享受了生活,或者比充分享受更好、适度地享受了生活。这样的享受比任何其他的享受更加稳妥。

❋ 《回忆录》

粗野的大笑所令人的讨厌和害处,几乎就像它的恶毒一样。

❋ 《回忆录》

神赐给人的最后和最高的一种禀赋,便是"适可而止"。

❋ 《回忆录》

文学上的老兵正像部队里的老兵一样,差不多总是残废的,那些能够及时地自动退伍的人是幸福的!

❋ 《回忆录》

天有不测风云,人也是预料不到自己的吉凶祸福的。

❋ 《旅店》

生活中灾难性的突然转折,会使人变得软弱驯顺。

❋ 《旅店》

屠格涅夫名篇名句赏读

使你顺应生活,你就会在我们这里快活起来,精神焕发。

✾ 《好斗之士》

要知道毕竟是有好人的!就算是你在生活中受过骗,冷酷起来,那又怎么样;你不追逐每一个人,可是为什么你却抛弃所有的人呢?

✾ 《好斗之士》

我对任何事情从来不后悔:这是不值得费精神的。要是你做了傻事情,最好是赶快把它忘掉——这就完了。

✾ 《僻静的角落》

在我们这个着重实际的时代,每一个规矩的人都应该着重实际、遵守时间。

✾ 《僻静的角落》

危险过去,人的心灵也感到畅快而平静了。

✾ 《僻静的角落》

小时候娇生惯养的人们,一辈子都保留一种特殊的痕迹。

✾ 《僻静的角落》

要是我想射杀树林里的一只狼,我就得先知道所有它经常走的路!

✾ 《处女地》

躲避自己的敌人,不知道他们的习惯和生活方式,这是多么荒谬!

✾ 《处女地》

每个人都吊在一根细线上,在他的脚下随时都会裂开一个深渊,可是他仍然给他自己制造出种种的烦恼,毁坏他的生活。

✾ 《父与子》

屠格涅夫名篇名句赏读

文明的果实对我们是可宝贵的。

✱ 《父与子》

只有在你的日常生活秩序打破了的时候,你才会感到无聊。你把你的生活安排得那么有规律,叫人挑不出一点儿错来,那里面再没有地方来容纳无聊或者烦恼,容纳任何不愉快的情感了。

✱ 《父与子》

无论如何,世界上最好的还是平静。

✱ 《父与子》

一个人要是恼恨自己的病——他一定会战胜这个病。

✱ 《父与子》

睡眠像是清凉的浪花,会把你头脑中的一切污浊荡涤干净。

✱ 《安德烈·科洛索夫》

睡眠是一种灵丹妙药。它不仅能恢复人的体力,而且在一定程度上也能恢复人的心灵,使它返璞归真。

✱ 《安德烈·科洛索夫》

"现实"绝不等同于"庸俗"。

✱ 《安德烈·科洛索大》

喝酒的确很危险:人一喝酒,马上就把秘密泄露了,连别人不应该知道的事全说出来了。

✱ 《雅科夫·巴生科夫》

大凡那些过着单调的、郁郁寡欢生活的人,往往会养成形形色色的习惯,有着各种各样的需求。

✱ 《别屠什科夫》

屠格涅夫名篇名句赏读

事情刚刚开始,还没有弄个明白,现在就采取决定的步骤,简直是不可能的,而且欠斟酌的。

✽ 《普宁与巴布林》

处在逆境里有什么意思呢?何必耽搁,何必拖延呢。

✽ 《猎人笔记》

唐突是一个铜子也不值的,这是一种最廉价、最低级的奇特。

✽ 《猎人笔记》

一切不幸都是可以忍受的,天下没有逃不出的逆境。

✽ 《猎人笔记》

我须得离开我的敌人,以便从远方更有力地攻击它。

✽ 《猎人笔记》

毁灭了这假冒者,他就一下子对"一切"都清算了,又可以惩戒自己的愚蠢,又可以对真正的知友谢罪,又可以向全世界表明:对他是不能开玩笑的。

✽ 《旦尔托拨哈诺夫的末路》

只有那种自负的人,才会对人羞怯。

✽ 《屠格涅夫》

清高往往同轻薄共生。

✽ 《克拉拉·米利奇》

噢,自满,刚愎,廉价的德行的丑恶啊——你怕是比罪恶昭彰的丑恶更叫人厌恨!

✽ 《利己主义者》

屠格涅夫名篇名句赏读

天生的爱羞怯总会使人十分拘谨。

❋ 《表》

千万别让我去尝试妒忌的痛苦吧,特别是毫无意义的妒忌!

❋ 《村居一月》

哲理智慧

哲　理

经　验

哲　理

在永恒面前，一切都是微不足道的。

❀　《多余人的日记》

一些像我一样的人，主要不是根据有益的事实，而是根据自己的印象。

❀　《多余人的日记》

但是一年过去，又一年过去，开始了第三年。伟大的思想逐步实现，化成血和肉；播下的种子开始萌芽，它的敌人——无论是公开的还是隐秘的，再也不能将它践踏。

❀　《烟》

但是自然跟逻辑，跟我们人类的逻辑不一样；自然有自己的逻辑，当这逻辑还没有像车轮一般把我们碾碎时，我们是不会理解，也不会承认的。

❀　《烟》

世事变幻无常。给您打个譬喻吧：您面前有一棵树，现在又没有风，低枝上的一片叶子怎么能碰到高枝上的一片叶子呢？无论如何不能。可是如果起了狂风暴雨，一切都乱了，于是上下两片树叶就碰着了。

❀　《烟》

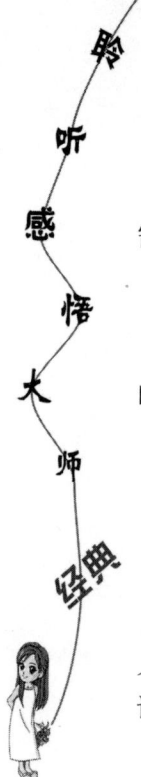

屠格涅夫名篇名句赏读

前夜是与跟随而来的白天相距不远的,隔开它们的只不过是一夜!

❋ 《屠格涅夫》

我们整个忙着干一些无聊的事情,我们白费时间谈论,可是事实上,需要解决的却是我们每天的面包。

❋ 《屠格涅夫》

我痛苦的是我对你失望服从,这就是你对自由和牺牲所发出的宏论的实际运用。

❋ 《屠格涅夫》

掌握永恒的、显然的真理而在其中,有着世间最伟大的幸福。

❋ 《真理与正义》

真理并不会带来幸福,而正义则可以,这是人类的、我们尘世间的正义和公正!为了真理可以去死,整个儿生活却全是建筑在对真理的认识上。

❋ 《真理与正义》

新的时代来到了,需要有一批新的人物。

❋ 《回忆录》

只有对于完全退下了舞台的事物,我们才能说出真理,公允全面的真理来。

❋ 《回忆录》

这个损失又勾起了我们对那些难忘的损失的悲叹,好比是新伤口引起了旧伤口的疼痛。

❋ 《回忆录》

经 验

恶行自有恶报。

❋ 《旅店》

再粗的柱子也会倾倒。

❋ 《旅店》

飞鱼能够在空中支持一个时候,不过它们不久就得跳回水里去。

❋ 《父与子》

一个人让自己的牛奶烫伤了,看见别人的凉水也要吹两下。

❋ 《父与子》

鸭子在泼水,而且草的气息很浓烈,要下雨了。

❋ 《霍尔和卡里内奇》

蜂房里倘不清洁,蜜蜂就不肯住了。

❋ 《霍尔和卡里内奇》

烂肉还是割掉的好!

❋ 《猎人笔记》

鸟儿睡着了——不是一下子全部入睡的,因为种类不同,迟早也

屠格涅夫名篇名句赏读

不同。

✽ 《猎人笔记》

无论什么人,自己的衬衫总是贴自己的身。

✽ 《猎人笔记》

无论对什么她全有一个从容的解答,无论对什么全不踌躇,全无疑惑。显然可以看出,她是和各种各色的聪明人谈过许许多多的话来的。

✽ 《贵族之家》

人得其位,位得其人。

✽ 《回忆录》

酒后见真言。

✽ 《僻静的角落》

凡事总有后果。

✽ 《初恋》

当选者未必最够格,落选者也未必不够格。

✽ 《贵族长的早晏》

什么事都会发生的,什么事都会出现的。

✽ 《草原上的李耳王》